心境《わたくし》短歌《たんか》　水《みず》、厳《おごそ》かに

伊藤裕作

人間社

心境短歌《わたくしたんか》　水《みず》、厳《おごそ》かに——目次

転の章 49

合の章 99

装幀　関野ひかる

心境短歌《わたくしたんか》　水《みず》、厳《おごそ》かに

起の章

寺山修司の「家出のすすめ」に煽られて「寺山さんと同じ早稲田大学教育学部を受験する」ために1968年2月24日、明日18歳の誕生日を迎えるという日に受験に失敗したら「天井桟敷」に入れてもらおう、こう一人合点の決意をして上京した。運よく、そこに合格する。しかし東京で生きていくためには、アルバイトをしなければならなかった。私はまず、新聞販売店に住み込みで一年間働きながら大学へ通い「天井桟敷」をはじめとするアングラ芝居を観、寺山さんの短歌を読んで見様見真似で歌を詠み始める。その頃に詠ったのが以下の歌である。

地獄桟敷の人々にエサを与えないで下さいたとえば美しい花美味《うま》い肉
なんとなく生まれ出た少年黄疸だった人工彩色　ギラギラの夏
暗き納屋　青きししむら塩をふきパート・カラーにこわれゆくかたばみの花　少女
そふとクリーム・あいすクリームじりじりと紅とかしゆきセーラー服に紅雪のふる
敗残兵・父の茎立ち闇を撃ち「帝国軍人の戦後は終わったのであります」

こうして、私の歌の旅は始まった。

僕には〈世界〉は眩しすぎる！

蟻ほどの〈愛〉在るならば少年よ行け！塵、無知、恥辱の地上遠くまで

悪魔の唄う子守歌偽りの楽園に斃して恋愛神《キューピット》は逃亡　袋小路を涯しなく

どくだみのみの荒野にて泥絵の自画像描く少年・断愛

「いちばんぼぉーしみぃつけたぁー」しらけ少女がぽつねんと曇天の空仰ぎ呟く恋歌《こいうた》

★　★

飛行機雲の描くキャンパス　青空に鴉、火葬場、土魂《つちくれ》ひとつ

赤土色の母の闇に僕は人身御供の〈僕〉を見た。しゅったつ

身元保証人、父、眠狂四郎贋の履歴書認《した》ためて誤解して錯覚して家出して

土に塗《まみ》れし母のあらかた誰そ彼《たそがれ》に告げし鴉はビルのうえ。おぉーきく

母のない子をなぐさめる草笛、口笛これだけでパラリパラリコ崩れゆく少年の砂のお城

折鶴を折る手、母の手いつしか知れず搦め手きめて取る悪少年《しょうねん》の首

★

★

空飛ぶ鳩を見上げる鴉、黒鴉。鴉〈平和〉の鳩の変身《かわりみ》

子育地蔵に雷堕ちた。と咄嗟に地震れ山震れ海震れ地獄　涯の涯

まっ赤な夕焼けの彼方にまっ黒い鴉　じりっじりっと迫《せ》りあがり〈終章《ハッピーエンド》〉

◉1970年「早稲田短歌25」

怪盗ルパンの盗んだ夕焼け

暮れ泥《なず》むちさき島よりわが魂《むね》にひびく凶兆　無償の哀歌《えれじい》

★

敗走の袋小路のその涯に闇見えざれば混凝土滑走《ローラースケート》の友よ！せめて北へ

★

錆びた鍵いつの冬にか掛けられて吃音矯正教室生・鴉の〈喜劇〉

徳利にからめとられしからくりに身を浸し居る酒場「どん底」

此処よりも悪しき処へ舵を取れ！厭くことのない悪意を積んだ少年航路

帰るべき山河も断ちていまは暮暮《くれぐれ》・逆髪《さかがみ》の少女と解けぬなぞなぞなどを

冷々と鈍行列車のゆく街は父と子の因果律表　明日《あした》の荒野

★

★

六月の驟雨の論理閉じ閉ざされて鋭角三角下辺の遊離

時計かっちかっち下駄かったかったと徒《いたづら》に閉ざされた六月の街に七曜刻む

裏切られ続けた土と死者の使者、頭脳の塔に鳴く鴉あるいは〈はんらん〉

◉1971年10月21日「早稲田短歌26」

〔エッセイ〕魂の闇しばり—あるいは遅すぎた70年短歌会私的総括—

70年6月、僕たち早稲田短歌会のメンバーは、あの60年後半をみずからの思想形成の場としつつ、27号室を巣立っていった先輩を中心に戦闘的文学者集団『反措定』の旗の下に結集し、その真新しいヘルメットを頭上に〈安保粉砕〉〈闘争勝利〉のシュプレヒコールを、たしかにあげていた。

そして、その年のブリュメール12日「これはひとつの〈運動〉の放棄、終焉の宣言ではない。」という書き出しで始まるビューティフルな27号室通信解体宣言を、僕たちは、みずからを持て余しつつ通う酒場の喧騒のなかから、60年代歌人に、そしてあるいは僕たち自身に向けて、ささやかに提示したのだった。

しかし、71年も暮れようとする今、僕たちの背後から、未だ総括されずにいる「70年6月」をおそまきながらも総括すべきだというささやきを耳にするのだ。

もしかしたら、まったく無縁にみえながらも、「70年6月」と「27号室通信解体宣言」は、僕たちを、そしてまた70年代の若き〈歌人〉をも深く突き刺す問題をその混沌のなかに有しているのではないだろうか。それはともあれ早稲田短歌会にとっては、この「70年6月」問題と「27号通信解体宣言」への明確な総括を抜きにして、一歩の前進も二歩の後退もあり得ないことは、明らかなのだ。すべての情況がそうであるように、僕たちもまたみずからのなしえたもののもとに過酷な闇縛りを、いまくらっているのだ。

「僕たちは何故に27号室通信解体宣言を提示しなければならなかったのだろうか。」それは70年闘争の敗北を短歌という表現行為を通して担ってきた60年代歌人の短歌運動への甘い幻想を三十一拍の中に塗り込んできた先輩歌人への、反抗の宣言であり、拒絶のための宣言でもあったのだ。

しかし、悲しいかな僕たちは、70年代短歌を、そしてまた短歌運動を創造するためのただひとつの藁をもつかんでいなかったのだけれども……。

いま僕は、27号室通信のかっての前衛・佐々木幸綱氏が「短歌」7月号に記した「人間の声」と題する歌論を手にしている。そこに氏は次のように書き記している。

「ここにも私は千二百年の伝統詩型の重圧を考えないわけにゆかない。充実して疾走しているときはよい。さらに惰性でもよい。走っている間は挫折した自分をいつくしみ、「抒想詩」を書くことができるだろう。しかし止まってしまったらもう駄目なのだ。三十一拍の野につっ立って落雷を引き受けるほど個人は強くない。」

ああ！かくの如く情況の闇しばりのなかにあった60年代歌人はみずからをいつくしむ方向を見いだし70年へと惰性で疾走してきたのだろうか！「さらに惰性でもよい、走っている間は…」というフレーズを僕たちは不潔な響きを持って聞かねばならない。惰性で走って書いた「抒想詩」が、いったいなにになるというのだ。惰性で走るとは一体なんなんだ。

60年の敗北を惰性で走り抜け70年に幻想を振りまいてきた愚は即刻辞めなければなるまい。僕たちが何の展望も持ちえぬままにあえて提示した「27号室通信解体宣言」は、佐々木幸綱的表示をもって示せば、惰性で走りつづけることへの拒否の宣言なのだ。惰性で走りつづけて抒想詩的幻想を振りまくよりも、僕たちは、むしろ立ちどまる。

情況の闇しばりは60年代と同じかもしれない。そしていま僕たちはあえてひきうけようとするのだ。「魂の闇しばり」をも……。

氏はまた次のようにも書く。「私はこの機会に数冊の大学歌人会の雑誌をまとめて読んだが、〈走る〉ことをうたった作品は皆無に近かった。現在はこんなにも〈走る〉という表現を要求する類のモチーフがうたわれないのか。こんなにも〈走る〉と表現することによってあらわされる何かが期待されないのかと一驚した。」

70年以降の低迷は、僕たち早稲田短歌会個別の問題ではなかったのだ。そして、僕たち学生歌人は氏のこのフレーズを確かに認める。しかし、僕たちは氏が一驚するナンセンス性をいつの日にか告発しなくてはならないだろう。僕たちが情況の闇しばりと魂の闇しばりのなかで惰性で走ることを拒否した以上〈走る〉歌など絶対に皆無であるべきなのだ。

いま僕たちは、ひとときたちどまり、落雷を三十一拍の荒野にたってもなおひきうけることが可能な強じんな個人へならなくてはなるまい。短歌三十一拍の荒野が、もしもその強じんな個人を創造できないとするなら、短歌はもはや無用となるべきものだ。僕たちは、しかし、短歌三十一拍の荒野が、それほど脆弱なものであろうとは思ってもいない。いなむしろ三十一拍の荒野であるがゆえに……。

自らをいつくしむ力量をも持ちえなかった個人があえてする「魂の闇しばり」は、もしかしたら永いものになるかもしれない。だが、僕たちは、あえてみずからの責任において「魂の闇しばり」のなかにかすかな荒野を見いだすべく、その冒険をいまくわだてんとしているのだ。

「無言ながら前進します
静脈管のなかへです」中原中也

（未了）

◉1971年10月21日「早稲田短歌26」

恥春期怨情

闇・花火みどり山脈《やまなみ》疾走《はし》りぬけ　論至りえず佇つはぐれ橋

★

白い喉鳩バス都市《まち》に行き交えばみどり綾とり少女に・初潮

★

〈都会の夜の電話交換室を爆破せよ！〉偏平足少女の背中《せな》の伝達《アジ》・二月

都会灯《ネオン》の彼方に淀む〈君は誰だ〉わたしはただのただの少女よ

敷島のしじまに泥泥《マグマ》眠りおりマグマ女神《マリア》の交接《まぐあい》の季《とき》

折鶴よ飛び飛べ飛ぉーべ飛べたかい郷《くに》　はためく腰巻の群れに母佇つ

家出人〈僕〉背後《うしろ》より撃つ〈あんた〉母よ見よ！くやし揚羽の堕ちてゆく郷《さと》

くやしさを一重二重と重ね着て土家系長子われの黎明期　暮色

憎しみをとつきとうかと孕まされ農家の納屋に生かされてゆく隠れん坊・鬼

土の香を逃げ捨て追われ生き急ぐ少年曝す生首ひとつ　起重機《クレーン》に血

変身術師範化粧落とせど土化粧　欠落の二月の日録〈北陰《きたかげ》に雪〉

母義足胎児に義眼ぎしぎしと　闇一族の朝餉・足摺り

皆屠苦死場之惨母危篤　葬式饅頭土饅頭せめて飢野に北面の墓標

偽りの愛語を孕む姥捨廃家　日光写真館に陰画散乱す

にせちちににせ似合いの見合い札合せ家族合せの誘《いざな》う異郷

渇いた喉の男達の猥歌空に吠え敵の愛人に似たきのうなつかし

自割せし野球少年死してなお白球握りおり廃墟の街の陰翳《シルエット》

北に向き氷の涯を行く朋よ行け行け行かば〈君が代〉ロック

獣園を無垢のかたちで駆け抜けし男娼志願少年の掟・てろてろ

◉1972年5月5日「ブリュッケ」I

乱舞孤情

行《ゆ》かば行けさりながら行かば帰り橋暗黒幻燈・朽ちよ！塔《あららぎ》

★

★

鯨さえ人もて飛ばす人の世の夜われらの不幸〈飛び猫〉は飛ばず

〈北へきた　北へきた北　北へきた〉自己完結の戒厳令歌

過去帳に粉雪の舞う刻《とき》を撃て！北に繋がる世更けの血路

苔むしる陽だまり老婆後ろ髪引きつ焦れつ〈列島の孤児〉朝化粧少女

東天の曙光《あけぼの》を背にたつ少女北一輝死後〈黄金混血《ゴールデンハーフ》〉と呼ばれき

「雪が降る」雪を現《うつつ》に行《ゆ》き行き行かば　行かば北国燃え尽きて朱里

懐かしき匂い芳し血が薫る埋もれ優しき・裂傷魂《ハードボイルド》

産まずして埋めよ！されど倦みすぎた日々なれば労咳病みの娼婦買いたし
娼婦の部屋に吊るされてかみ　闇の上座の〈陛下の帽子《ファミリープラン》〉
〈夢地獄〉魂《こころ》閉ざして死を漁る大正黒塗柱時計を背負いつ　男
〈われわれ〉と〈われ〉とをわかつ鏡橋なみだ合わせののちのふしだら
獣園に影を慕いて一本の美樹〈昭和舘〉内赤色《エロス》炎上

きのう、今日、明日は偽証と戦ぐ長髪《なが》みだれ髪〈金髪ベッド・レスビアン〉

何処よりも淋し男の眼差し遠く生まれ出ずる地獄門　悲し

空燃える黄昏《たそがれ》街の狼煙に似たり野辺の送りに黒の陰陰

引き裂かれ吊るされ撲たれ猫・基督　敵屠れども〈バッキャロウ〉未練

折鶴を折る手母の手搦手極め手みだら曼陀羅少年の首

錆びつつも鎖持つ故生き継ぎゆかば飼育されつつ失なう魂《こころ》

少年の帰郷の査証《ビザ》の失効間近か　せめて吹雪けよ赤色怨歌

少年のこころの肉化立ち暗み　振り向かば惨〈履歴《おいたち》〉の樹

ひとときの息吹き残せしあらしの荒野《あれの》さきそろうまじ青年の樹に〈弔〉

みどり街　魂《こころ》吹雪けば想い出地獄屈折三角〈父親《ちち》定め〉旅

〈暗い家〉たちて少年流れ人赤色の〈純〉一刻荒野
さまよえる魂《こころ》ひとつを武器として紅い雪降る二月街・都市《まち》へ

◉1973年10月21日「ブリュッケ」Ⅱ

〔エッセイ〕続・魂の闇しばり―独創し独走し、そして毒素へ―

ブルースに論はいらない。日本人、僕の静脈には韻律という名のブルースが流れている。

★

無言ながら前進します。

★

静脈菅のなかへです。

この中原中也の詩句《フレーズ》をもって未完のままに「早稲田短歌26」の「魂の闇しばり」を閉じてからすでに2年の月日が流れた。そして前進も退路もないままに僕の魂の闇しばりは、なお続いている。

その間、僕の前を通り過ぎていった多くの人たちがいた。

「決着《おとしまえ》には時効はいらねぇ」この凄い科白を教えてくれたのも、そのなかのひとりであった。

考えてみればこの年月、2年前には決して考えられない「短歌ブーム」のなかで、塚本邦雄の歌とは、あきらかに違う歌を歌として作りつづける撲にとって〈歌〉とは何かと考えつつもなお〈歌〉との別れを決意したことも確かにあった。

しかし、「出会い」が大切であるのと同じく「別れ」もまた大切なのだと気づいたのは、実にいまなのだ。

「出会い」が「別れ」であるのならむしろ出会わなかった方がよかったとする論は、いまはいっとき歌謡曲にまかせよう。

　マッチするつかの間海に霧ふかし身捨つるほどの祖国はありや

僕の歌との出会いは、いまは故き寺山修司のこの歌である。その寺山も「生きているうちに一つ位は自分の墓をたててみたかった」という見事な「跋」をしたためて歌との別れをとげていった。それ故にいま、僕が歌との出会いを問題にすれば「墓堀り人」になる以外方法はない。すでにスタートの白線が取り払われたマラソンランナーのような僕は、さらに加えて魂の闇しばりをしている以上、ゴールのテープも視界にはない。暗い暗い、あまりにも暗い座頭市。

喝！

　勝ちながら冬のランナー一人ゆく町の真上の日曇りおり　（寺山修司）

入口なしの出口なし加えて陽もなし闇しばり。その揆に仕込み杖らしき何物かの存在をかすかに教える眼を与えてくれたのは先輩福島泰樹である。曰く。

「歌状況は晩歌の時代に突入した」なんともはやすがすがしくも高らかな晩歌宣言であることか、これは！

だがしかし、あまりにも軽すぎるこの晩歌宣言、それ故にこの晩歌のバックに流れるのは何故かブルースではない。違う！ブルースでない晩歌を僕は晩歌とは認めない。歌状況の晩歌入りという状況論は諾としてもブルースでないバックが問題だ。闇に蠢くボクに問題なのはバックだ。

スタートの白線は既に亡く、ゴールテープも視界にない僕の魂は、さながら静脈の土竜であると自己規定せずしてブルースに至る道はない。ブルースに論はいらない。ただにブルース。「酸素が足りない。」あえぎつつ静脈土竜の僕はひたすらに静脈菅のなかをはいまわる。

あかるさにとまどうほどのわかさかな　宵の花屋のふいの眩暈　（福島泰樹）

眩暈！　もしも花屋の花が見えてメマイする僕があるとするならば、駄目な〈僕〉でしかない。静脈土竜・盲目の僕に花など見えるものか。見えはしない。見えたというのは錯覚でしかない。幻覚でしかない。錯覚幻覚以外、静脈土竜である僕に何が必要あろうか。

錯覚幻覚をさらに引き起こす毒を静脈に培養しつつある日本人、僕の静脈には韻律という名のブルースが流れている。

★　★

されば僕にとって〈歌〉とは、静脈からすべての酸素を取り除き、静脈に不浄の毒を導入し、培養することであり、さらに毒の毒素を五・七の韻律という名のブルースにのせて三十一《みそひと》パッケージすることである。

ブルースに論はいらない。日本人、僕の静脈には韻律という名のブルースが流れている。「味の素」が日本人の動脈を作りつづけるならば、「毒の素」は日本人、僕の静脈を作りつづける。

かくれんぼの鬼とかれざるままに老いて誰を探しに来る村祭　（寺山修司）

いま、やっと「毒の素」の存在に気づき、もはやスタートの白線も、ゴールの白いテープも視界にないままに闇しばりにある僕の〈歌〉との別れの道はけわしいだろう。

ただいまは静脈土竜としての僕自身の貫徹以外に何もない。

決着《おとしまえ》に時効がないわけではない。ただ闇の静脈の時計は〈日時計〉。刻を刻まないわけだ。

「酸素が足りない」というあえぎはいまは昔。いまは「毒素が足りない！」ただにこれだけ。

（ぞくぞくとつづく）


◉1973年10月21日「ブリュッケ」Ⅱ

狂徒慕情──殉狂篇

俺は冬　冬の真冬の夜しらじらと明けの海鳴り耳鳴りの蝉
降り滝ぐ雪我が髪を白髪に　溶けず流れずつったっている・闇
日向の縁《えにし》の裏縁雪降り積もる時のむなしさ　溶け時のなく
我が地縁円環《サイクル》切ればその縁《えにし》めくるめく陽光に血祭りの母

帰るまじ我が土の香のみどり街看取れぬひとり　母子地獄行

棄てられしかの地父祖の血打ち棄てて来て魂褉《こころ》に　ネオンの海へ

我は我我を割れども我は我　我を渡れば我　泪橋

此処よりも何処へも行けぬ俺のため暁の泥酔酒の橋《ブリュッケ》

凪ののち潜み降りゆく我が思念地下鉄鉄路に黄昏《たそがれ》の蝶

此処は何処此処は切岸魂の〈散華《さんげ》の歌篇〉ここに終わらん
裏切りは表切りより凄い奴逆巻き渦巻き菊座へ至る

◉1975年4月「盲妹」

承の章

そして、それから僕は……

振り向くな！振り向けど振り向けど彼方・闇　前後不覚の静脈行路

この一首を作り歌と別れ、「魂の闇しばり」を続けたまま、盛り場に潜り込み風俗ライターの道を歩み始める。
やがて１９８８年、俵万智氏の『サラダ記念日』に触発され「売春防止法施行30周年記念」の歌集、私自身がソープ嬢になりきって詠った『ソープ百人一首』を含む『シャボン玉伝説』を上梓する。

しかし、それも一時《いっとき》で、
再び私は盛り場行脚を続け、歌から遠く離れた無頼の徒の生活を続けていく。

シャボン玉伝説

ソープ百人一首　抄

わがままな客に接してつくすとき心ひそかに母性がゆらぐ

ローションが肉体《からだ》の奥にしみてゆく膝、肘、心ツルリツルツル

好きな男《ひと》できて初めて知る地獄ソッと囁く「いくらほしいの？」

本名を履歴書の中閉じ込めて今日から私「泡姫女優」

気がつけば異人となりて肉体《からだ》張る我はファッション・プロレタリアート

自暴自棄なりて男に身をまかす我を支える背中の慈母像

なにげなく客の髪の毛触れる瞬間《とき》美容師の夢ふとよみがえる

肌の合う男出会いし時などに我の辞書にも後悔の文字

真実はこの肉体《からだ》のみあとは嘘年齢学歴その他もろもろ

行く末を案じるよりも夢飾り男はべらし札びら切って

人の世をはずれ苦界に身を投ず娼婦文学絶えて久しき

故郷の父母に内緒の我が勤め貯金通帳友とし生きる

いにしえの人が苦界と名付けし街に我は来たりて今夢紡ぐ

人が皆我よりえらく見える夜夢吹きだまり我おし黙る

父ほどの齢の客に抱かれつつ行方不明の「父さん」恋し

◉伊藤裕作短歌集『シャボン玉伝説』1988年4月1日　ブロンズ新社

肉体の門１９８８　抄

群れをなし歩くジャパゆき見る夕間暮肉体の門１９８８《イチキュウハチハチ》

故郷で学びしことをすべて捨て都会の迷路さまよって明朗

人の海流れ流れて東京をさまよう魂《こころ》うたかたとなり

肉体を布にみたてて針仕事刺されるほどに広がるほつれ

原色のネオンの海の小判ザメ陸《おか》にあがれば生きる術《すべ》なし

股座《またぐら》を差しだし刺されズタズタに涙も枯れた肉のマネキン

飛び込んで足抜きできず淋し気にもがくゴキブリ人ごとならず

沖縄の少女娼婦の行きつく先は東京吉原今も昔も

色町を朝に歩けば犬たちがちらし喰いする残飯無残

愛のため掟破りしマヤがいた昭和の縁《へり》は歪み切り岸

◉伊藤裕作短歌集『シャボン玉伝説』1988年4月1日　ブロンズ新社

転の章

２００5年、55歳となり盛り場放浪の決着《おとしまえ》を付けようと、戦後の「娼婦小説」の系譜を学びに法政大学の大学院へ社会人入試を受けて入学。私小説の研究者、勝又浩先生に教えを乞い、４年掛けて『戦後の娼婦小説の系譜と寺山修司の娼婦観』という修士論文を書き上げる。この学びの中で、私小説《ししょうせつ》が心境小説とも、〝わたくししょうせつ〟とも言われていることを知る。

２０１０年、還暦の年から〝ハーフターン〟と称し、若かりし頃に家出した故郷である三重県津市芸濃町と東京を行ったり来たりする生活を開始。同時に私の短歌は〈心境短歌《わたくしたんか》〉と自ら規定して不定期のブログ『ほぼ月刊イトウ新聞』あるいはフェイスブックでの作歌活動を開始する。その最初の歌が、

犀星の詠いし詩《うた》の意味を問い高速バスでわれ故郷へ

そして10年。わが魂の歌を思いで選り分けて纏めたテーマ篇！

〈心境短歌《わたくしたんか》〉PART 1（その1）

水《みず》、厳《おごそ》かに―水族館劇場のほうから―

パノラマの夢（芸濃い町から）

雨降りて風鳴りやまず鄙の春　嵐の後の水のサーカス

借景の木にオレンジの烏瓜　虚実皮膜の舞台の巧み

池に鯉泳ぎし舞台は人工の自然の極み　心ときめく

白塗りし舞台に立てば素人も千両役者の如き振る舞い

大入りの人、人、人にたっぷりとわが妄想の果実の蜜を

豊かさを求め都に昇りし人は上に向かって堕ちていったよ

エログロの現世《うつしよ》生きて夜に見る広くて暗い夢はパノラマ

バイオリン奏でる少女の指が差す鄙と都のいま、そして明日

山あいの池を巡って藝能者　集まり観せたパノラマの夢

闇を裂き闇に舞う龍六月の死者の如くに厳かだった

友ら来て水で浄めし鄙の郷　還相回向ここに始まる

ああ無常（鄙から都、花園へ）

鄙に劇場《こや》建てて一統夢語り　二ケ月半の芸濃い祭

雨乞いの龍《りゅう》池に棲み天に飛び　舞って踊って都へ向かう

藝神の宿る社《やしろ》の花園で御神酒《おみき》いただき霊力を得る

芸の濃い鄙より都の花園へ水の一統　雨ニモマケズ

我武者羅に六十余年を生き抜いて　いま究極の無駄を生きてる

人の世の無常を生きて回向して穢土を遊行し浄土へ至る

観衆に身体さらせば眼《まなこ》の矢　邪意射抜かれて心清らか

現世《うつしよ》の合わせ鏡の夢を見た　この世とあの世往《ゆ》きつ還《もど》りつ

この世からこぼれていけば穢土もまた故郷《ふるさと》となり還相回向

劇場も傾《かぶ》き終われば無となりて「色即是空」知る夕まぐれ

父祖の血を捨てし悪餓鬼見捨てずに「郷へ帰れ」と産土の声

寿町寿歌《ことぶきちょうほぎうた》（さらに港ヨコハマへ）

港町、寿町で龍吠える「一切衆生平等往生」
山峡《やまかい》の芸濃い町の池の鯉　似れど異なるヨコハマの鯉
素人も役を担えば俳優《わざおぎ》となりて拍手に恍惚となり
アングラの一統気力満ち満ちて嵐に対峙　千穐楽へ

水族の楽しき戯れ空族《くぞく》見て雨使者にして楽日を祝う

土砂降りの中で歌舞けば雨止んで雫滴る寿の夜

悪所とは悪い所にあらずして人の命の滾りの広場

極楽を求めこの世をこぼれゆく補陀落船《ふだらくせん》に乗って南へ

水落とし讃歌（そして異界へ）

水落とし見るたび思う那智の滝　産霊《むすび》もありてあわれなるかな

水落ちて飛沫飛び散り跳ね上がる　その白き水穢れ清める

水落ちる一気呵成のその力厳かにして神仏宿る

ケをハレに瞬時に変える水落とし背筋伸ばして異界を想う

落ちる水仰ぎて見れば白き布　その源に黄泉の国見ゆ

〔エッセイ〕この世の果てまで、こぼれてゆけ

数年前、私は人生に行き詰まっていた。役者が舞台に登場したからには退場しなければならないように、私もこの世に生れたからには、いつか退場する日がやってくる。しかし、還暦を過ぎ、六十歳代半ばになっているというのに、その退場の仕方がよくわかっていなかった。

そんな時だ。長くファンとして見続けていた「水族館劇場」と以前にも増して深い縁《えにし》が出来上がる。で、更に付き合いを深めていくうちに、私にとっての「水族館劇場」ってこれだという台詞に巡り合う。

それは、この原稿の表題にもした「この世の果てまで、こぼれてゆけ」である。

そうだ。人生からフェードアウトするには「この世の果てまで、こぼれてゆけ」ば、それでいいんだ。

これは２０１６年５月に私の故郷、三重県津市芸濃町での水族館劇場公演『この世のような

夢〜パノラマ島綺譚外傳〜』（台本・桃山邑）での風兄《ふぁにー》さんの台詞だったのだが、以降、これが私の人生のフェードアウトのためのキーワードになっていく。

その頃から、この世の果てってどこにあるのだろう？　つらつら、そんなことに思いを馳せることが多くなっていた。

ハッキリした答えが思いもかけない所からもたらされる。

私が、三十歳代の終わりから四十歳代の初めにかけて風俗ライターをしながら、もう一つの自分を確認するために度々乗っていた「ピースボート」から、数年後に百回目のクルーズがあるという知らせが来た。それは前述した、私が人生の退場を考え始めていた時期とも重なっていた。そのクルーズは私が数えの七十歳になる〝古希〟の年だという。

六十歳代なら、まだ身体も動くだろう。「水族館劇場」との付き合いがいつまで続くかわからないが、ともかく、これを人生のフェードアウトを考えるための旅にしようと、参加を決めた。その時は、行先はどこでもよかった

やがて、旅の行程表が送られてきた。

２０１８年12月26日、横浜港を発ち南回りの地球一周の船旅で、中国の厦門からシンガポー

ルを通り、赤道直下のインド洋を航行しモーリシャス、そしてマダガスカル島を経、南アフリカのケープタウンからナミビア。その後、大西洋をブラジルへ向かい、ウルグアイのモンテビデオ、アルゼンチンのブエノスアイレスを経て、火の大地・ウシュアイアで「世界の果て」号に乗り、次にパタゴニアフィヨルド遊覧をしてバルパライソ、以降イースター島を経由し太平洋上の赤道直下を航行、2019年3月31日、横浜港へ帰っていく。

あれっ、これは簡単にいえば日本を発ち天国に一番近い赤道直下のインド洋を通り、大西洋を経てアルゼンチンの「世界の果て」まで行って、今度は太平洋上の天国に一番近い赤道直下を通って日本に帰ってくる旅だ。

実は、私は還暦を過ぎた頃から、実家の墓守をするために親鸞聖人の真宗を学んでいた。人が死んで穢土から浄土に往くことを回向といい、その回向には往相《おうそう》と還相《げんそう》の二種類がある。前者は浄土に往生する回向であり、後者は浄土へ往生し、ここで阿弥陀の光を浴びて再び穢土に還ってくる回向である。往相はわかった。でも還相は、そんなことがどうして出来るのか？これは真宗の多くの先生のレクチャーを受けたが、凡夫の私にはどうしても理解できなかった。

ところが、穢土の日本を発ち、天国に一番近い赤道直下を航行し、アルゼンチンの火の大地で「世界の果て」号に乗り、この世の果てを体感、ここで光を浴びて、再び赤道直下を通って穢土の地・日本に還ってくる。その光が阿弥陀の光だとしたら、この船旅は、私が机上の学習ではどうしても理解できなかった「還相回向」を身体でもって知る旅である。私はそう理解した。さらに言えば、これは、人生のフェードアウトを考えている私のために用意された船旅である、と思えた。

2019年2月19日、船は南米アルゼンチンのウシュアイアに上陸した。朝は雨、しかし私が「世界の果て号」に乗るためのツアーバスに乗り込む午前10時にはバスに陽の光が差し込んでいた。この光を浴び、バスは火の大地を走った。さらに「世界の果て号」にも乗って、私は「この世の果てまで、こぼれてゆくこと」を心行くまで体感した。

そして今、太平洋上で、この原稿を書いている。

私は穢土（東京）から赤道の真下を通って南米アルゼンチンの「この世の果てまで、こぼれてゆき」、ここで陽の光を浴び、南米大陸の最南端を経て、これから再び赤道の真下を通過し穢土（東京）へと還っていく。真宗の教えでは、この「還相回向」をするものは、人でなく仏《ほとけ》になってこの世に還ってくるのだという。

と、いうことは、四月、皆さんの前に身体をさらす「還相回向」した私は……仏？

乞う御期待！

老いて我けだものの血が少しづつ薄れていって仏《ぶつ》に近づく

◉「水族館劇場」水の通信 fishubone 71（２０１９年４月４日）

〈心境短歌《わたくしたんか》〉PART 1（その2）

啄木鳥《きつつき》の歌―地球一周・南回り歌日記―

地べた這い齢重ねて空見れば末世の風が吹いて止まらず

この世からあの世へ至る海を征く海図《チャート》は唯に寺山修司

我よりも高く跳ぶ鳥見つけて叫ぶ「たかとりえい」と亡き友偲び

古希祝い喜寿を見据えてこぼれゆく遊行期の旅　一歩踏み出す

ひとまずはこの世の涯へ舵を切る地球一周　船の行き先

空と海その先にある世の涯の人外境を見たい知りたい

「この世からこぼれてゆけ」と海洋へ紙の飛行機飛ばす老人《おいびと》

空瓶に「阿弥陀如来」と書きし紙入れて赤道直下の海へ

大波にゆわ〜んゆわ〜んと揺り揺られ　宇宙の旅にも思いは巡る

燃える陽が大海原に落ちる刻《とき》世界の半分闇に包まる

亀の背に乗って浦島太郎の如く往《い》って還《かえ》れば還相回向

年ごとに背中《せな》に齢《よわい》を刻み込みマダガスカルの亀　亀齢百歳

周辺の色に変化《へんげ》のカメレオン「此奴は我の反面教師」

荒れ狂う海の本性知るほどに人の一生　飛沫の如し

一時間、時を戻せの時差指令　天空に時喰らう穴あり

一月の南アフリカ陽は弱く風冷たくて　心踊らず

象の仔が二十二カ月かけて見る胎児の夢は極楽?地獄?

アフリカの大草原を見渡す麒麟　世界はどこまで洋洋なるか

インド洋　大西洋と交差するケープポイント又三郎立つ

風運ぶ海の潮《うしお》が岩磨き岬いつしか賽の河原に

インド洋どっどどどうど風が吹き大西洋にもどどうどどどう

あゝ荒野　ナミブ砂漠にわれ立ちて腕の時計を谷へと放つ

人の世の齢六十まだヒヨコ〝ウェルウィッチア(註1)〟の寿命は二千

地平線ぐるりぐるっと地平線　手でチョキ作り切れどせんない

漆黒の空に十字の星見つけ次に目指すはティエラ・デル・フェゴ（註2）

海に山、町も絡んで景色は宝　熱海にも似たリオの絶景

港町リオにサンバの音響き滾り弾けて民・狂炎《カーニバル》

水平線ほころびあればこの世から鉛直落下こぼれて往こう

ドンドンと時間喰われてついに今日　午前と午後の時が重なる

まだ見えぬ遊行の成果されど我　最果ての地に往って還ろう

シルバーの空より落ちる雨しとどブエノスアイレスの朝は徒然《つれづれ》

午後七時街に灯りが煌めいて「・タッタッタッタン」タンゴの調べ

立ったまま足と足とを絡ませて浮かして廻して艶舞《タンゴ》の男女《エロス》

船で往くこの世の果てのウシュアイア（註3）刻一刻と寒さ身に染む

火の大地午前十時に雨上がり弥陀の迎えか　眩《まばゆ》い光

汽車に乗りこの世の涯にとことこと進む我が身に緊張走る

最果ての地の啄木鳥は木に魂《こころ》入れて叩いて華麗に舞った

大陸の最南岬右に見て船は穢土へと舵切り　還る

氷河から溶けて海へと流れ出る温暖化する地球の涙

上を向き目を見開いてモアイ像　末世を告げる声なき叫び

島民が「地球のヘソ」と呼ぶ島に村見守って立つモアイ像

刻刻《こくこく》と時差縮まって還りゆく太平洋を穢土に向かって

緑閃光見んと見つめる海原は色鮮やかな青の絨毯

身を沈め船の左舷の窓見れば太平洋上サザンクロスが

船上の3・11《サンテンイチイチ》メモリアル　瞼の裏に荒れ狂う波

海空《うみそら》を泳ぐが如く亀多数《あまた》ボラボラ島のパレオに靡《なび》く

日が消えた日付変更線上を船横切って　時間が飛んだ

赤道を越えて海路《かいろ》の行き先は北半球の穢土の極楽

古希祝い船上狼藉終えし我　弥陀の光を浴びて仏に

大海を九拾余日《よじつ》揺蕩《たゆた》うて〝揺れる大地〟に五体を曝す

（註1）和名を〝奇想天外〟あるいは〝砂漠万年青〟ともいう裸子植物
（註2）南米大陸の南端部に位置する諸島で日本語訳は〝火の大地〟
（註3）アルゼンチンの南端、フェゴ島に位置する都市

犬神は大神となり――寺山修司の修辞学――

「家を出ろ」寺山修司の呼びかけに1968《イチキュウロクハチ》われ東京へ

★　★

死人で生まれ死人で生きて死んでいく還相回向の教えそのまま

かざぐるま踊りおどろの恐山　目に焼き付けて穢土に還らむ

燦燦と光り輝く早月《さつき》の真昼　寺山修司死出の旅路へ

新緑の季節に詩人完全な死体となりて世界の涯へ

死《し》の前に悟《ご》あるを知りて穢土生きて五月四日に「懐かしの我が家」

霊場の写真が繋ぐ人の輪の話題いつしか寺山修司

本堂に人、人、人・・・の寺山芝居あの世とこの世さかしまにして

縁日の見世物小屋に白塗りの狐と狸　怪し風吹く

「当りゃんせ」童の歌に秘められし鄙の掟は寺山世界

赤色《せきしょく》の鳥居の先に『草迷宮《くさめいきゅう》』母の子宮にわれ宿りおり

才長《た》けて数多《あまた》のわれを創りし男　寺山修司母を語らず

いいカラダ持てば男が寄ってきて寄ってたかって「生老病死」

「パンパン」と欲望のままパン食って太り太って大山デブコ

首の丶食《てん》われちぎられ犬神は大神《おおかみ》となり　月に吠えてる

扉にも柱にもある寺山の言の葉躍り人の輪　無限

★

★

アメリカよ悪夢《ゆめ》から醒めて思想たれ　寺山修司の時代のように

寺山修司、田中角栄疾走し　ふるさと人のお化け置き去り

★　★

その履歴辿れば見える先達の東京暮らし　われも早稲田へ

劇魔昇天―高取英の世界―

槍持たぬ少女が少年演じて誘う暗黒歌劇《アングラ》　月蝕の刻《とき》

三十路越えセーラー服を身にまとい股に鮮血　華子キラキラ

胎内で雌雄未分の呉一郎　凛とし少年演じる少女

久作の胎児の夢が明治期の土蔵真暗《どぐらまぐら》の中で蘇生す

難解な夢のマグマを何回も溶いてほぐして高取歌劇《エンタメしばい》

寺山の劇魂《こころ》を身体《からだ》に沁み込ませ過激に疾走《はし》り劇魔昇天

博識の劇王描く幻惑の史劇いつしか詩劇になりき

知行するときの心得花房に　死してその名の意味をわれ知る(註)

月蝕にこだわり愛した怪人は月欠けの日に「エイッ」とあの世へ

★

★

マッチ擦り光呼び込む高取史観「月蝕歌劇団」不滅の流儀

（註）高取とは知行の多いこと。知行とは仕事。英とは花房でリーダーシップのある人のこと。

歌篇・パノラマ島綺譚―乱歩の時代―

大富豪　菰田源三郎に似た偉人　駒田作五郎は椋本の人

人見廣介わが身を消して別人になりて挑みし自然藝術

夜の伽交わせば解る己が身なれど千代子の色香に負けて破滅へ

金色の風景創る藝術を目指し乱歩はパノラマの森

パノラマの花のお山の谷底に乱歩描きし極楽の絵図

香水のような花の香　森に満ち桃源郷に生きる錯覚

遠近を無視し作りし人工の風景を見て魂《たましい》狂う

醜を美に変える悪魔よ人の知恵　とどのつまりは世界の終わり

★

★

エログロの時代に乱歩真っ暗な駅舎に立たす　明智小五郎

軽便の駅の跡地に黒マント翻し立つ怪人の影

指に目の機能を持たせエクスタシー「盲獣」の夢乱歩描きし

★　★

列島に鉄路の駅は広まりて　戦争前夜海越えてゆく

大自然弄《いじく》り風景作る国　傲慢の果て軍靴とどろく

★　★

芸濃の民が演じる芸能は乱歩描きしパノラマの夢

木々繁る山に石仏四十余体　乱歩の後を追えば馬の背

パノラマの夢を見ようと石仏の観音巡り我も乱歩す

縁起良し女三代揃い踏み芸濃い劇団前途洋々

伊勢の地に生きて劇して町興し少女と媼《おうな》思いひとつに

地獄剥き出し―アングラ芝居讃歌―

寒空に『ドグラマグラ』のさすらい芝居　地からしんしん自然《じねん》の力

われに罪なけれどわれらに罪あらば負わねばならぬ　われもその『荷』を

ヒロシマとフクシマ混ぜてありのまま人生きる島　その名『イロシマ』

戦いに憑かれ疲れてわれらいま垂直下降そこは何処　底？

満開の桜の下で人が死に母子相姦のエロス漂う

にっぽんのバラバラで一緒集団死　奥に在《まし》す《ま》天皇陛下

生舞台セット使ってドキュメント　歴史の闇をリアルリアルに

家壊れ鼠が町に溢れ出て家族を繋ぐ義賊の大義

脱皮して自由求めてまた脱いで皆が一緒に蛻《もぬけ》する夢

核のゴミ月へ捨てるという寓話かぐやの姫が怒り狂乱

人、自然こだわり持って生きるとき帰還する場を故郷と呼ぶ

老いて尚滾る力が沸々とマグマとなりて肉体《からだ》歌舞けり

客席と舞台さかしま野外劇　奈落なきゆえ地獄剥き出し

場内に水が溢れて舞台《そこ》は奈落《そこ》天幕開《あ》いて蛇《へび》水に舞う

★　★

吶吶と大久保鷹が口寄せて中也降臨　真綿の雪降る

★　★

万遍《まんべ》なく生《せい》ある男《おのこ》受け入れる腰巻お仙の下半は仏

末法を生きる時代にお仙来て腰巻ハラリ股間はキラリ
笛吹けば煩悩深き人の群れ　お仙求めて河原に集ぅ
生首を拾い集める夜鷹あり「穢土の正雪　首はいらんかえ〜」
「てぇへんだ〜」正雪斬って正雪になりし男の「顔がみえねえ〜」
命革めよ　穢土の男は誰も皆　由比の正雪比喩の正雪

透明で穢れ知らない少女の子宮　湿《しめ》りっ気なしでガラスの如し

凸凹でぼこぼこ—われの歪《いびつ》な文化論—

赤線の「抜けられます」を智慧として戦後を生きた草莽《そうもう》の民

遊郭に生きる男の出鱈目を「太陽傳」とは　なんとアッパレ

「勝つのよ絶対に」絡まりながら女いう天使の恍惚桃色吐息

セックスを通して人生考える　われに教えし若松孝二

われが書く性の小説私小説　生は性なり性は生なり

うぶすなは色んなことがありました　異論な人がいる町でした

黒縁の丸い眼鏡を新調し荷風の如く色町《まち》を彷徨う

★

★

姉弟《きょうだい》がまぐわい地獄へ堕ちるとき　弥陀の声して光差し込む

夢飾りなければ生きていけぬ女泡《きみ》はシャボンの玉となり　消ゆ

人の世の義理人情を「昭和館《くらやみ》」で学び育った若き日　われは

流れ者　山の男の児は今日も祥《さいわい》の種蒔いて東京

★

★

劇場で「バイシュン」という言葉聞き恥じ入るわれは風俗ライター

天地の摂理―産土に獅子ありて―

赤と黒二匹の頭《かしら》いま何処ミステリアスな美濃夜の獅子よ
（津市芸濃町雲林院にある美濃夜神社）

★　★

故郷の寺町にあり宮の杜　六十路《むそじ》を過ぎてその意味を知る

神風の伊勢にて浄土を祈るとき産土の神　弥陀と重なる

わが町に安穏運ぶ魔神の素顔　椋の巨木に棲みし産土《うぶすな》

椋の樹の幹から産まれし獅子頭　天地の摂理を里に伝える

村人に自然の畏れ具現しに三年《みとせ》に一度獅子帰り来る

老・壮・青　子らも含めて百余人熱い視線を浴びて獅子舞う

笛乱れ風ざわめきて陽は陰り獅子の乱舞《らんまい》　物の怪を討つ

氏人の幸せ願い乱舞《らんぶ》して悪魔払って獅子　宮に入る

★

★

獅子の舞　奥義何かと見つめれば肉体《からだ》覚えし職人の技

笛に舞い太鼓に踊る獅子が棲む芸濃い町で〈藝の神〉見ゆ

産土の池に赤龍《せきりゅう》昇り立ち舞を覚えて〈龍神〉と化す

合の章

転の章で10年間に詠った〈心境短歌《わたくしたんか》〉をテーマ別に纏めたもの読んでいただいたが、
合の章では、60歳から69歳の私の心境の変化、
人生の歩みの移り変わりを編年体で読んでいただこうとの試み。
我が魂の年代記！

〈心境短歌《わたくしたんか》〉ＰＡＲＴ２

２０１０年―バスは夢箱―

故郷へ高速バスがわれ運ぶ　風景飛ばし時逆立てて

いつの日かアングラ芝居を故郷で　そんな夢見るわれは還暦

書き割りの郷が瞬時に都市《まち》に化す時空マジック　バスは夢箱

現世《うつしよ》は山林修行の時ならず　バスと電車で都市の修験者《しゅげんじゃ》

煮えたぎる晩夏の修行　乗り込みし夜行のバスは冷えて寒行《かんぎょう》

★

★

九と書き「一時苦《いちじく》」と読む娼婦観　われの心眼赫《かく》と見開く

帰郷して我が人生を顧みて娼婦正機を切に願わむ

２０１１年―三月記―

故郷の地縁学縁人の縁　本卦還りで不意に仏縁

★　★

手を合わせ「なむあみだぶつ」唱えれば〝きみ〟は浄土のひととなりけり
（３月７日、母きみ死す）

地が吠えて波がわれらに教えしことは繋がる心と共助の心
（３月11日、東日本大震災）

仏縁が結ぶ学びのゆく先に同朋《とも》と一緒に観る桃源郷

帰郷して虎にはならず友求め　歌詠み記すわが「三月記」

愚禿とは〝非僧非俗〟で風の人　われはなりたし風狂の人

俗極め非俗の岸に立つわれに非僧の鑑　聖人が見ゆ

俗なこと身体《からだ》で験し俗極め　われいま験す僧なることを

ヒグラシの鳴き声聞いて身に沁みる寄る辺なき世の日暮しの日々

西方に頭《こうべ》を向けて行き倒れ蟬の亡骸「なむあみだぶつ」

生き急ぎ路傍に転がる蟬数多　そこが浄土であるはずはない

子を招くそんな素振りの弥陀は慈母「昭和ブルース」ふと口の端に

親鸞を宗祖と仰ぎ八ヶ月西の空見て　背筋を伸ばす

われいまも邪見驕慢悪衆生　故に阿弥陀の本願頼む

故郷を浄土と定めいつの日か　生まれし山河の郷に帰らむ

いまわれは津波に呑まれ流される　〝如来の胎児〟妄想ならず
（衆生は如来を胎児としてやどしている）

猫の死に「なむあみだぶつ」するわれに無量寿光が降り注ぎおり

故郷へ帰る決断望郷ならず生まれし郷への「下山の思想」

★　★

われもまた救われるのかと問う遊女法然絵伝　室の津の抄

★　★

さよならをいえずに別れ四十年　墓前に立てば学帽の君
（高校時代の友Mの命日）

青春の土砂降りの日々思いおり友の命日　雨降り止まず

2012年―夜の向日葵―

新発意《しんぽっち》その自覚もて本山へ　背筋伸ばして〝お七夜〟を征く
（仏門に入って間がない者）

源空の教えの源、見つけたり女人も往ける西方浄土
（法然上人）

家を出て還暦過ぎて今仏前に「此処が浄土」と帰郷の知らせ

一周忌　同月同日　誕生日いのち繋がる母からわれへ
（母の一周忌）

故郷は心を溶かす浄き郷　故に浄土へ向かう基地なり

生と死が重なる地点　故郷よここが浄土だここで跳べ

★

★

空は海　弥山の峰に立ちて知る逆もまた真なり自然《じねん》曼陀羅

（広島・弥山《みせん》）

法然の母堂眠りし誕生寺　吉三恋しのお七と共に

（美作国・誕生寺）

命の日燃え尽きし日を命日と名付けてわれら命受け継ぐ
（友人Mの十三回忌）

凡夫ゆえ煩悩断てず生きるわれ　昨日今日明日　阿弥陀探して

今後無事　末世を憂い合掌す仏ましまます金剛峯寺にて

剥き出しの石が河原にゴツゴツと末世の惨図　那智の霊場

阿弥陀仏はかりしれない光を放ち夜の向日葵　花咲かせおり

★

★

いまの世に法蔵菩薩在りていう　国に原発あらば正覚《しょうがく》をとらじ
（さとりのこと）

仏光普照（於・中国　五台山）

山を越えまた山を越え五台山　台懐鎮《たいかいちん》は煩悩の海
（中国山西省の霊山）

微笑みを絶やすことなくわれの前　阿弥陀如来は慈母《ひぼ》の如くに

御仏《みほとけ》の光普《あまね》く満ちる郷　われ西方に南無し合掌

叡山を思い描いて登りし山に墓なく僧なく経の声なく

仏教の教えが池に絵を描く　放生《ほうじょう》鯉が亀とたわむる

紅衛兵壊せし古刹　経山寺《きんざんじ》いま蘇り福の赤寺

山と山　その天空に伽藍建て仏光普照凡夫の願い

★　★

故郷を浄土と定め遡上する　われはさながら鮭の如くに

去来今《きょらいこん》

地獄餓鬼畜生修羅を潜《くぐ》り抜け　われ人となり南無地蔵尊
（11月17日〜20日　対馬・壱岐の旅）

「お〜いおい」仏《ほとけ》呼ぶ僧凛々しくて壱岐歎佛会　耳に憶えし

位牌持ち寺に集いて歎佛会　ご先祖様との血脈つなぐ

一支国《いきくに》の人の暮らしの去来今　原の辻よりパノラマで見ゆ

還相の回向の基地を見つけたり　仏《ぶつ》と衆生が出会いし浄土

2013年―われは私度僧―

われら皆それぞれ違う夢を見て世界の涯に阿弥陀を探す

駆け足で浄土上りし友の顔　見つめわれらは穢土で合掌

★　　★

帰郷して母の命日帰敬式　心静かに浄土を思う
（3月7日、われ帰敬式）

真宗を学び修めて仏前に非僧非俗の立ち位置告す
皆が皆いとも易々僧になる非僧非俗を学びし後に

人間は何処へ行くのかその答え探しわれらはいま生きている

煩悩がほどけほどけてほどけきり仏《ほとけ》の道に入《い》りて念仏

原子の灯信じて生きたわれらいまその灯を消して見る阿弥陀の光《ひ》

美輪の光輪

われはいま前を見据えて林住期　弥勒菩薩の如く思惟して

（京都・広隆寺）

厳粛な寺に乳鋲《ちびょう》のあるを知り心乱るる非僧のわれは

（京都・妙心寺）

閉じた目をカッと見開き法堂をグルリ廻れば龍昇り立つ

（同右）

戦争は「大量殺人」キッパリと語りし人に美輪の光輪

（敗戦の日）

いまはまだ行ったり来たりのわれなれどいずれ必ず遡上する　鮭よ

棄てられし民

世界には光と闇が存在す　阿弥陀と無明《むみよう》あるが如くに

遺体《なきがら》は浄土へ旅出た人の影　阿弥陀に出会い穢土に回向す

戻るべきところなどない溢れ者　満身創痍で遡上するわれ

寒き身を温めようとカラダ寄せ　押しくらまんじゅうエロス沸沸

暗闇に光差し込み仏《ぶつ》の指授　無明のわれに西路促す

聖と俗、里と街とを行き来して堕ちてこぼれてわれは私度僧

2014年—他力が見える—

都市《まち》と郷《さと》その境界で立ち尽くす終の棲家が描けぬ故に

追いかけて尚追いかけて追いかけて　夢叶うとき他力が見える

家出して故郷棄てしわれがいま　郷へ帰るも縁起なりけり

西日浴びキラキラ光る墓石群　浄土の如き卒塔婆なき墓地

ゆくゆくは遊行しながら回向せむ煩悩抱えし遊女ともども

格子越しあの世見つめる穢土の人　闇が蠢き光が見える

親鸞もわれも娼婦も皆同じ阿弥陀の光浴びて正覚

死後の国浄土へ向かうマラソンは４５・０９２《ヨンジュウゴーテンゼロキュウニ》キロ

★　★

戦争の記憶持たざる民草を妖怪の血よ御為ごかすな

平成の安倍の沙汰見て胸騒ぎ　昭和十一年「阿部定」の沙汰

人民の願いは流れ六月の雨しとしとと昭和切なく

九条を守り育てし日本人いまこそ詠え非戦の歌を

戦犯の夢いま孫に憑依して列島覆う軍靴の響き

里下《さとお》り＆遡《さかのぼ》り

時が飛ぶ前に後ろに穢土浄土　夜行のバスで観る夢現《ゆめうつつ》

故郷が消えてなくなるその刹那　穢土と浄土が一《いっ》になるとき

川の坂上る魚は鮭に鮎　川上《のぼ》りきり故郷《ふるさと》に死す

循環の摂理で還相作る知恵　鮭も鰻もわれも遡上す

いつからかわれの五月にはためく理想鯉のぼりより遡る鮭

親と子の縁《えにし》今生限りなり　仏の教え老いて身に染む

野垂れ死に覚悟の「東京流れ者」生き延び浄土見えし夕暮

古人らも穢土から郷《くに》へと里下《さとさが》りそしてそこから浄土旅立つ

里下《さとお》りをさとりと読んで団塊のわれらいまこそ　故郷《ふるさと》創れ

光差し込む

無縁とは縁なく独りの意味ならず　無限の縁《えにし》ありて人寄る

森を伐《き》り緑・山脈切り拓く　古人知りおり山の祟りを

般若湯入りふらふら惚れ惚れの暗闇の先に光差し込む

家を出て自力で生きて振り向かば産土神と弥陀そこに見ゆ

親鸞に出会いしことこそ他力なり　家出満了いま里下る

西の空かすかに残る赤光に幸なき女包み込まれし

立つときも座りしときも慈悲深く光放って阿弥陀・燦燦

★　★

クルクルと燃えて上りは灰となる　人生すごろく蚊取り線香

２０１５年―時の計らい―

彼岸にて待つ人ありて幸せの再縁往生　旅立ちである
（1月16日、友人K・S泉下の人に）

風びゅんびゅん吹く中歩み佳き人の住む里へいまたどりつきたり

ようやっと亡夫《あのひと》が待つ浄き郷　だから友らは泣いたりはせぬ

★　★

うぶすなに守られ生きた恩返し　鶴の如くにこの身削って

宝暦に鬼籍入《い》りした先祖は仏《ほとけ》　還相回向し仏壇の中

棺桶に入れられ時計時刻み「さらばしゃばよ」と来世に向かう

あゝ零時　今日の始まるその刻《とき》よ時計の針に心重ねて

煮立つニッポン

デモもよしパレードもよし意思表示　三十一《みそひと》文字をわれは愚直に

愚劣なる「戦争法案」違憲なり　立憲国家なれば廃案

戦争の出来る国へと国変えて奈落直行「絶対反対」

民の声聞こえぬ君に身悶えて汗タラタラと煮立つニッポン

全てはアメリカのため「わが軍」を　世界に叫ぶ愚かなる君

十万の　いや百万人の中に立ち非戦を叫ぶ平和求めて

帯に意志巻いて国会包囲する女《ひと》たおやかに「戦争させない」

男と女　つながる窓に鍵かけて「戦争させない」女の平和

人でなし巣くう国会包囲して「戦争する国絶対反対」

夢地獄

雨が降り風が唸って地が震え列島の民に不吉を告げる
あちこちで小年少女殺される　心病む人恐れの連鎖
浄土への基地を求めて彷徨って産土神に召され　故郷《ふるさと》
衆生らに弥陀の悲願を知らすべく鄙の川辺に咲く曼殊沙華

コンクリート隙間に生える雑草に死者の命の息吹聞こえる

風狂に生きるも良しや老いの道　西指す指の絵に導かれ

西に向け遊行し記すつれづれに死出の旅路の基地は故郷

世の底に「なむあみだぶつ」聞こえ来て宙《そら》の涯より光差し込む

親鸞の書きし母の字よくよく見れば◯《まる》いお腹に子孕みおり

借景に叡山を置きありがたき美観作りし古人の匠（京都・圓通寺）

底はどこ? 天橋立股のぞき逆さなれども底は底なり（丹後・天橋立）

2016年―明日の勇気―

老いの世はかくなる一句を糧となす「独生独死独去独来」

百八つ　夕陽追いかけ坂転げ蒔いて散らばる煩悩の種

平常の心を保ち遊行して昇りし坂をゆらゆら降りる

上り切り西に浄土を見て下《くだ》り弥陀の声聞く　他力本願

往くことは還ることとなりなればいま還りのギアに切り替え郷へ

姿なく声もなけれど柔らかき心来たりて　死者と共闘

★

★

「日本死ね」婦女子の叫び敷島を覆えど王は「匿名だから」

山越し阿弥陀

異郷にて生きて再び故郷へ還り浄土に旅立つ準備

西を向き心眼開き合掌す　されば観えくる山越し阿弥陀

われ生きて死者に思いを巡らせば還相回向のきみ現るる

弥陀に会い穢土に還ってまた会おう　妙好人《（浄土教の篤い信者）》の死を超える智慧

池はさみ此岸から見る対岸に九体阿弥陀の極楽の堂

御迎えの九体阿弥陀が並び座し下品下生《げぼんげしょう》のわれも浄土へ

玉日姫

此処でないどこかいいとこ請い求め観想すれば念仏聞こゆ

平成の末法の世の夢告なり夜の帳《とばり》をこじあけ　光

後世《ごせ》のことやけに気になる夕間暮れ光なき郷　西も真っ暗

夜は明けて玉は日となり現《うつ》し世を照らし女人を西へ誘う

夏の名残り

（7月26日、相模原障害者施設殺傷事件）
不具は福　見做し敬う人の愛ズタズタに裂き炎天の夏

★　★

燃え尽きてつわものどもが去りし郷　鈴鹿颪もいまは懐かし

花挿して彼岸を此岸に引き寄せる盆の仏壇　弥陀の声する

（友人A子涅槃へ）
辛き世を多重人格生き急ぎ一人で逝った友よ　涅槃で

草臥れて居場所探せば覚えある訛り懐かし　産土の里

西へ行くわれは卑俗を歌にして無私の叙景の句の先へ行く

故郷へ帰る復路を遊行期と定め夕陽とともに下りゆく

御迎えの時と場所とは知らねども行き先だけは西と知りおり

中秋の名月池に浮かび出て　後世を見つめる人の標《しるべ》に

髪を切り庭の木を伐り迷い切り明日へと向かう女《きみ》健やかに

ならず者もしもこの世に不要なら、やんごとなき方なんの対極

人民は圧殺の過去忘れまじ死者と連帯　憤怒《マグマ》鎮めて

人詠い事件を詠い日々詠う魂《こころ》静かに時に激しく

どんでん返し

戦争に向かって進む日本の曇天の日々　どんでん返し

この道はいつか来た道　立ち止まりわれら各々踵を返せ

生きていくために選びし色の道　老いて見えたり「色即是空」

ネオン灯の中に花咲く獣道　美しくもあり切なくもある

堕ちてゆく夕陽の先に浄土が見える二河白道の救い信じて

空火照《そらほで》り追ってゆっくり下る坂　浄土成道上等の旅
（空火照り＝夕焼け）

故郷は「捨てたもんじゃない」と玄冬のわれをうぶすな鄙へ誘う

吾郷《わがさと》で事を起こさば風が吹く追いも向かいも鈴鹿颪の

2017年—寒い夢—

金色《こんじき》の館に棲みて夢語り　此岸と彼岸まぜこぜの愚者

生きていく術《すべ》より浄土へ行く船を探し遊行す　六十路半《むそじなか》より

月もまた西へと沈む天の理を知れば自然にわれも西向く

暴君の客《まろうど》となり浮き浮かれ民切り捨てる君愚かなり

声上げて死者と交わりいま生きる多喜二の命日　如月二十日《はつか》

格差ＮＯ貧困ＮＯの「意志表示」岸上死して五十と八年《やとせ》

四千の民と一緒に国憂ふ　国境なきこと願うわれらは

形なく隙間に潜り底這って魔の水力で敵追い負かす

ああ無常　おいらも老いて友も死に夢幻《ゆめまぼろし》の人の一生

「生きる」とは有を無にする旅の中　友作れども別れ必定

★

★

〝ふるさとは遠きにありて思うもの〟にしてはいけない「原発いらない」

この世とあの世の巡礼歌

この世では産土神に守られ生きて弥陀の光に乗ってあの世へ

衆生みな浄土へ往けると説く弥陀は母像の如く撫で肩やさし

一人死に二人三人友つづき　置いてけぼりは「なむあみだぶつ」

生きる鯉泳ぐ写真に「いいね」押し米寿間近の笑子《えみこ》さん逝った

（友人笑子さん昇天）

葬列の如く夕陽に向かう団塊《むれ》「夜明けは近い」と歌いしわれら

壊憲し原発残し去っていく「友よ」僕らの一生って何？

「てぇへんだ〜」心で叫び最果ての人と交わり世の歪《ひず》み知る

四拾七歳寺山修司この世去り六拾七歳われいま　あの世見ている

からつゆの歌

反骨の九拾六年清水信　死して遺せし反戦の文

雨のない六月なればパサパサの無情の国にニッポン堕ちた

ま〜るくて手毬のような紫陽花《あじさい》も崩れ始める満月の夜

忠太郎探し求めし「瞼の母」は実母《はは》の化身の産土の神

穢土を生き瞼閉じれば金色の鄙の生家の阿弥陀《ぶつだん》の光《ひ》

２０１８年―春の嵐―

戊年の初めにわれら「ワン」と吠え国家の犬にならじと誓う

「望郷」の詩《うた》

あてどなき放浪の旅つづけ来て終着駅は始発駅　出立

初詣で賑わう社《やしろ》の境内に産土の神　人の数だけ

生きている人間がいるそこにいるアングラ役者地に足据えて

獅子が舞う生まれし郷の新春に産土神に謝意の俳優《わざおぎ》

芝居小屋単管パイプ組み立て建てて己が見得切る場を作りゆく

寝食を共にし皆で絵図描いて劇場建てて歌舞く一統

劇場《こや》建ちて役者動いて言葉立ち「望郷オルフェ」立ち現るる

産土に感謝し友を郷に呼び歌舞いて見せた「望郷」の詩

ならず者　春の嵐の風に乗り芸濃い町発ち都に向かう

燃え尽きてまた立ち上がり前を向き穢土の地に立つ　世直し一座

芸の濃い町になれよと風が吹き人力飛行機その風に乗る

★　　★

命日に遺影飾りし仏間にひとり　瞼閉じれば母、産土に

都鄙の地を「ひかり」に乗って往還す　老いて阿弥陀に出会いしわれは

★　★

コソコソと鼠が穴に潜り込む如き振る舞い　なに改竄す

怒っ、怒っ、怒　民の怒りが押し寄せて国会前は民衆の波

民主主義　欲しがりません強き王みんなで政治みんなの知恵で

天空に黒くて巨大な鴉雲　ニッポンの危機思い知るべし

★

★

まがいものなれど舞台に身を置けば腹から声出て　役者の如し

伊勢の津の阿漕の平治穢土の地で「われを裁け」と警世の劇

生きていることが問われている時代それに気づいてわれいま　生きる

見得切った看板役者も裏こなす　人力回転舞台の見せ場

千穐楽終われば劇場《こや》も消えていく流れ徒党の外連味《けれんみ》なりき

命革めよ

逃郷し都で鄙を望郷し帰郷して知る郷《さと》の温もり

背に墓を背負いて命《めい》を革《あらため》よ「ふるさと人のお化け」の使命

鄙の地にシェイクスピアの劇来たり「キレイは汚い汚いはキレイ」劇場《こや》に轟く

時を経て齢を重ねて機は熟しシニア劇団芸濃町へ

老いらくの宝塚ふう新歌劇　わが鄙の地に舞い降り踊る

盛り場の一隅照らす人ならむ堕ちて身体を張って歌詠み

光差す墓前で老婆合掌す　無碍光如来の迎え信じて

人の世の「苦」は「死」をもって道となす「苦楽」が「暮らし」と成るが如くに

★　★

この世からこぼれて行かば浄土あり南海の果て　補陀落《ふだらく》の山

レトロを食す

列島を暗雲覆うオウムの死刑　何故？障碍者ジェノサイドの日に

雲のない夜空に光る星ひとつ「孤高に生きる」の意味が染み入る

曼殊沙華群れて花咲く里が故郷《さと》　異郷の都市《まち》で見るは一輪

一面に咲いて乱れて彼岸花ぽつねんと咲く花の哀れや

故郷を出でて穢土の地生き抜いて今帰郷して夕陽眺める

５０年前のカレーは「松山容子」２０１８《ニイマルイチハチ》レトロを食す

背に甲羅ほっかぶりして亀になり地べた這いつつ世界を覗く

「吾輩はカメである」って粋《イキ》がって生きた青春　今は白秋

★　　★

芸濃という名の町に芸の濃い劇団作り町史繙く

町民の力集《たか》りて芝居して町史解明《あか》して拍手喝采

2019年—内調の闇—

「勝利せよ世界最終戦争に」我が演じる石原莞爾

中日過ぎどっど怒涛の後半戦「有難きかな」客席の友

老いボレて老いボケなれど観客に身体曝せば千両役者

満つる州《くに》作れど満つることのない弱き民あり　それ国家なり

齢《とし》重ねどこどこまでもどこまでも堕ちてし往かん老いぼれて尚

★

★

男《お》みくじを引いて希望を引き寄せて仰いで拝む三重《さんじゅう》の塔

国の嘘守るためなら民をも危《あや》む　ないしょないしょの内調の闇（内閣情報調査室のこと）

三年後政権取ろうと民衆に声を限りに山本太郎

★

敬老をされる側へとシフトして「一度あの世へ帰《けえ》ろうか」そして還れば還相回向

★

きのうまで迷子のわれの古希祝い　濁点取って今日より舞子

往年のスター煌めくスクリーン秋の彼岸に咲く花の群れ

地球は爆《は》ぜる

何人《なんびと》も〝遊びをせんとや生まれけむ〟修羅場くぐりて産まれしこの世

親を捨て家出し東へ出でし餓鬼　修羅見て生きて西向いて往く

修羅を生き仏や神の参道を人とし遊行　天へと向かう

遊行期に入り遊行寺境内へわが身を置いて天への一歩

「豪徳寺」友が描きし絵の前で招きに感謝し気吹《いぶき》のエール

線を描き隠した世界に現れし人の世の闇あちらこちらに

抽象と具象の間に画家は立ち　絵で考える絵を考える

火と水の河の間の白道も残りわずかだ、われ立ち止まり……

★

★

人、国も自分ファースト皆が皆　やがて必ず地球は爆《は》ぜる

凡愚の旗

歌人◉福島泰樹

伊藤裕作の短歌的出立は、一九六九年四月早稲田短歌会入会に始まる。前年、寺山修司のアジテーション（「家出のすすめ」）に煽られ三重県安濃津から上京。新聞販売店に住み込み配達の仕事を抱えながら、早稲田大学教育学部に通学していた。

1

どんな短歌を作っていたのだろう。今朝、屋根裏の暗闇から埃にまみれた資料を探し当てた。早稲田短歌会機関誌「27号室通信」（ＶＯＬ７・№１　一九六九年四月二八日刊）は「新入生歓迎号」と銘打ち、吉田哲男、遠山新一郎、松下彩子、井上章、伊藤裕作ら新入生の作品を掲載している。掲載順に一首ずつを引く。

野にそよぐ一本の樹が遠く見ゆ不在のわれを呼びいるごとく

薄暗き廊下に並びて番を待つ囲りは見知らぬ人ばかりなり
無彩色に映れる景色目の中にレジスタンスのスペルを忘れし
地下鉄の窓にうつった白い顔風強き地上の砂噛んでいる
役立たぬ講義さぼりて洗面所温き水われの口つたう

そうか、五十年前の学生は便所の水を飲んでいたのであったか、「温き水われの口つたう」の措辞は美事。しかし、私を感動させたのは伊藤裕作処女発表作「十九歳のモノローグ」八首ではなく三首目の松下彩子。「漿果の傷み」二十首である。
二十首連作は力量が問われるのだ。それを十八歳の新入生は、美事にやってのけている。

ヴァレリーの秋の詩の上したたれるぶどうの汁に活字ふくらむ
一部には傷を持ちいる青空ゆえ許して襟をかきあわせ歩く
なしの実は悲しむごとに汁をたれわが指もまた涙流せり
ほおずきの汁をぬぐうにベトナムの反戦のビラは血をにじませし

など、新鮮な感覚に溢れ、教養の深さなども感じさせる。寺山修司に憧れ寺山と同じ教育学部に入学、寺山を真似て短歌を作り始めた伊藤の処女作を引く。

唯一人お茶喫む時の三畳間「さらば友よ」のブルース奏でむ
「オキナワ」という文字耳にする度に「祖国」の文字が悲しくひびく
午前二時精力剤の力かり活字地獄の蛍光灯の灯
海は母母は海との友の声われの心に響かむでもなし

「ブルース」「祖国」「活字地獄」「母」など寺山のテーマ、語彙を散らしてはいるが「モノローグ」の域を出てはいない。伊藤の凡庸、愚直に比べ松下は、非凡、才知に充ち溢れている。だが、この凡庸、愚直こそが伊藤の伊藤たる所以であり、生涯をつらぬくこととなる才能といってよい。いま一つ注目すべきことは、伊藤がその出自において五句（五・七・五・七・七）三十一音の短歌定型から書き始めているということである。

伊藤裕作の次作が発表されるのはその二ヶ月後の「六月十五日」、いわずと知れた樺美智子の命日である。寺山好みのタイトル「ＲＡＣＩＮＧ ＦＯＲＭ」（ＶＯＬ７・№２）から何首かを引く。

空白の時間に現われ血を過《よぎ》るアルコール漬けして連れてきたるわが内なる父
六月の第三日曜日「父の日」に履歴書に書くわれ私生児《てなしご》
私生児嘘の履歴書書き終えて眼鏡はずして鏡に見入る
主人《あるじ》なき下宿《やど》の窓辺に吊されて泣いているらし洗濯物あり

寺山修司は、戦争で父を喪い母に捨てられるまでの幼少年時を母と二人で生きてきた。昭和二十三年（この時代を語るには年号が適している）、十二歳の修司を三沢に置き去りにしたまま母は愛人の米軍将校と九州芦屋のベースキャンプに旅立ってしまうのだ。伊藤が、この歌を書いている頃、巷に流行っていたカルメン・マキが唄う「時には母のにない子のように」（詞・寺山修司）は、修司少年の実感であったのだろう。

ならば伊藤裕作の父は……。

「一人称詩型短歌」の詠み手である「私」が、実際の伊藤裕作であるならば、伊藤は父を棄民している。

そう、その首は「アルコール漬け」にされて、押入れの暗闇に漂うように目を見開いているのである。生身の父へのこの憎悪は、履歴書にさえ「私生児」を語らうこととなり、窓辺に吊されている洗濯物はそれを憐れむ涙のように滴っているのである。短歌を作り出してほどない伊藤裕作は、二作目にして肉親という明確な主題をもった。そればかりではない、うまいとは言えないまでも喩と韻律と意味とがせめぎあうポエジーを獲得したのである。

松下彩子はどうした。本号に「ある情景」八首を発表、「指輪はめし記憶ほどのこわばりをもつ指今日の祈りのかたちか」と苦悩し、二作目にして「空と樹とわれとひととが思い合うこの夕ぐれを燃えたたしめん」と絶唱するのである。松下と伊藤とを対として読んでゆくと、東大安田講堂攻防戦に端を発したこの時代の上位文化《ハイカルチャー》と下位文化《サブカルチャー》という図式が浮かび上がってきて、私にはおもしろい。早稲田では第二学生会館の自治権をめぐり第二次早大闘争が戦われていた。

さらに、第一次羽田闘争を記念して「10・8」に刊行された「27号室通信」（ＶＯＬ７・№２）で松下は、「ゆくへなき微笑ののちのこわばりをひとりわたしのなげきとはせず」と、樺美智子へ言問い、山田徹は「ねばくする息の乱れは超ゆるべき磔刑・ワルシャワ・卑弥呼・イザベル」と戦いへの決意を烈しくしてゆく。伊藤裕作もまた「今、やはり一九六九年十月の政治の季節」「学園に！街に！」「月光仮面の歌を唱って目の前の部隊に拍手を送り、みずから月光仮面になるであろう」といかにも伊藤らしい決意表明をするのである。

伊藤の一年先輩で、この時代を最も突出した短歌を創った学生歌人山田徹の歌を引こう。

去年《こぞ》の火傷・蒼氓の危機 酢のなかに傷もちやすき生牡蠣ひたす
種まけば烏ほじくる土くれにひとつの無名を染めあげている
睡り・睡れり・睡りをり・睡れよ！ 受けとめるべきすさまじき明日《あした》

2

七〇年反安保闘争は、一九六九年十一月決戦の時を迎えようとしていた。十三日、反戦学生労働者、街頭ゲリラ闘争で三二五人が逮捕。翌十六日、羽田空港に通じる蒲田、品川で街頭戦、二〇九三名が逮捕。翌十七日、蒲田周辺で機動隊と衝突、一九四〇人が逮捕。二十一日、佐藤・ニクソン会談終了、共同声明で安保堅持と七二年沖縄返還が表明された。そう、七〇年を待たずして安保闘争決戦の時は終わりを告げていたのである。

新左翼総決起敗北の余波を受けて、学内には荒涼の風が吹き荒れていた。十二月二日、私は早稲田短歌会主催の寺山修司講演会「邪魔人畜悉頓滅」(早稲田祭参加)に前座として喚ばれていた。標題は、前年発表の韻文劇「花札伝綺」中の一節、寺山修司を読破している伊藤裕作の命名であろう。

この年、寺山修司は渋谷に「天井桟敷館」「地下小劇場」を落成させ寺山芸術は世界へ向けて羽撃こうとしていた。ドイツ演劇アカデミーの招待を受け国際演劇祭に出演したのもこの秋のこと。15号館の大教室、私の初講演は始まった。この長き冬の時代の到来を前に私は何を語ったのであろうか。自己否定の、はた自己権力創造の詩についてであろうか。話のネタも切れようとした時、正面の扉が開き、黒い毛皮のコートに身をくるんだ寺山修司が入ってきた。壇上に立った寺山さんは、この秋刊行された私の処女歌集『バリケード・一九六六年二月』を手に翳し絶讃してくれた。あとは徹底して歌壇結社への悪口だった。この時、寺山修司三十二歳、私は二十六歳。伊藤裕作は十九歳であった。

寺山修司が立つ演壇の左手には机が置かれ、司会役の伊藤が着座していた。「天井桟敷」入団を憧れてやまない伊藤は、女優たちにことよせて徹底的に不謹慎な質問を繰り返し、寺山さんを苦笑させていた。

一九六九年十一月、「戦無派宣言」を発した伊藤は以後、同人誌「反措定」（短歌会の後輩三枝昂之の卒業を待って創刊した）を徹底的に批判しつつも……、だがしかし七〇年反安保闘争をわが戦闘的文学者集団「反措定」に結集して戦う。伊藤の作「僕には〈世界〉は眩しすぎる！」（「早稲田短歌」25号　一九七〇年秋刊）を引く。

蟻ほどの〈愛〉在るならば少年よ行け！塵、無知、恥辱の地上遠くまで

飛行機雲の描くキャンパス 青空に鴉、火葬場、土塊《つちくれ》ひとつ
まつ赤な夕焼けの彼方にまっ黒い鴉 じりっじりっと迫《せ》りあがり〈終章《ハッピーエンド》〉

以後、伊藤の短歌の、文体の揺れは凄まじく、現在へと進行してゆく。

一九七一年十月、伊藤は「あるいは遅すぎた70年短歌私的総括」と銘打ち評論「魂の闇しばり」（「早稲田短歌」26号）を発表。

「すべての情況がそうであるように、僕たちもまたみずからのなしえたもののもとに過酷な闇縛りを、いまくらっているのだ」。「僕たちは何故に「27号室通信」解体宣言を提示しなければならなかったのだろうか。それは70年闘争の敗北を短歌という表現行為を通して担ってきた60年代歌人の短歌運動への甘い幻想を三十一拍の中に塗り込んできた先輩歌人への、反抗の宣言であり、拒絶のための宣言でもあったのだ。」と記し、「しかし、悲しいかな僕たちは、70年代短歌を、そしてまた短歌運動を創造するためのただひとつの藁をもつかんでいなかった」と自己批判するのである。

3

伊藤裕作が次ぎに私の前に現れるのは、一九七二年冬。当時、私は愛鷹山麓の村落柳沢（沼津市）の小庵で墓守人の日々を過ごしていた。

突如「短歌会合宿」と称して山田徹、伊藤裕作、吉田哲男、井上章らが泊まり込みにやって来たのである。思い出す、朝から延々と続く酒盛り……。雨の日だった。バスに揺られ沼津の町に遊びに行ったついでに、伊藤らはストリップ劇場の入口でお呼び出しをやってのけたのだ。「柳沢妙蓮寺の福島様、至急お寺にお帰り下さい」。村の男衆が場内でこれを聴き、「お上人、ストリップ行ったずら」という噂は村に広がっていった。

何日か経って、出先から帰ると、部屋は綺麗に整頓され皿や丼、コップの類ももとある場所に収まっている。あの喧噪は何だったのだ！　安堵感と同時に、淋しさが頭の天辺から爪先へと貫通していた。なんていい奴らなのだろう。こいつらと、もう毎晩酒を酌み交わすことはないのだ。床の間に彼らが置いていった二升の酒には「御世話になりました」と大書されていた。

この直後、連合赤軍浅間山荘事件があり、ほどなく伊藤は、山田徹と共に「ブリュッケ」を創刊する。

　敷島のしじまに泥泥睡《マグマ》りおりマグマ女神《マリア》の交接《まぐあい》の季《とき》

　だが、疾うに紙数も尽きてしまった。全共闘運動が解体されてゆく中、君は時代からも、社会からも疎外され抹殺され続けてきた女たちへと、歴史の慈雨を注ぐこととなるのである。思想史を生きる風俗レポーターとして、また凡愚の歌人としてだ。十九歳の君を十八歳の松下彩子と比べたのは、叡智と凡愚を浮かび上がらせるためであった。凡愚こそは常民の智恵、それ故に君は持続を可能としたのだ。みろ、あの時代を君と共に在った者たちのすべてが創作の場から遠ざかっていってしまったではないか。

　力石徹のような風貌、戦いを自らの拠《よりどころ》とし、七〇年代への架橋を必死に工作しようとした無名戦の闘士山田徹よ、そして淑やかな感性をもって時代の慈雨を降らせた松下彩子よ。伊藤裕作はこれからも、したたかにしなやかにちからつよく凡愚の道を闊歩してゆくことであろう。

祷りと再生、伊藤裕作の世界

水族館劇場◉桃山　邑

六年前、水族館劇場は中堅実力者と初期から僕についてきたベテランメンバーとに分裂した。意思の反目は互いの芝居観の違いとはいえ、僕からいわせればクーデター以外の何ものでもない状況に本当に困り果てた。当時の僕を突き動かしていたのは、かわいがって育ててきたつもりの役者を、益体もない小劇場上がりのコソ泥たちにすべて持っていかれた怒りである。あたらしい集団に合流せず、水族館劇場に残ったのは、死ねとまで非難され、誘われても首を縦に振らなかった若手と、連れて出ていっても弊害しかない旧い世代のロートルたちだった。正式なメンバーだけではない。僕が僕自身の関係性の上で積み上げ、頼りにしてきた、サポートメンバーまでどう耳打ちしたのか、次から次へと奪われていく。桃山なんぞは十年経ったら老いぼれだとまでうそぶかれた。まぁ、半分当たってるけど。あたらしい集団を興すなら、それまでの関係性を断ち切り、ゼロから始めるのが仁義だろう。羽鳥書店にまで新劇団の挨拶がいったと聞かされたときには開いた口が塞がらなかった。それでも僕と千代次と風兄は、若い世代にどう敗けてやるか考えていた。クレバーな山本紗由のみが自分への誘い方がそれまでの態度と全く違ったことから異変に気がつき、水族館劇場のパーマネントメンバーになってくれた。あの頃の僕を支えていたのは絶対にここで幕はひかないという決意と、人間としての最低の礼節もない奴らと、そのことを教えられなかった自分自身への怒りだけだった。静岡の友人が見かねて場所を用意してくれた。このときの恩は一生忘れない。なんとなく大江戸所払いから心機一転巻き返しの、五代目海老蔵の気分だった。伊藤裕作はそんな時に僕の前にあらわれた。ひともいなければ、場所もない、と嘆く芝居者に駿河よりも更に西へ下った三重で野戦攻城を仕掛ければいいという。正直初めは半信半疑だった。いくらみずからのうぶすなとは云え、全く無名の集団を地名すら知らなかった鄙に展開するのは無謀いがいの何ものでもない。けれど老いたメフィストテレスは一瞬の躊躇もしなかった。水落としが観られれば渾よし。戸惑う僕を芸濃町に連れてゆき、地元の、こちらも誑かされたひとびとに引き合わせ、あれよあれよと野戰攻城の陣形をととのえた。

落ちる水仰ぎてみれば白き布
　　その源に黄泉の国見ゆ

その不明瞭な言語大系とは真逆に、趣旨は明解だった。水落としさえ見せてくれれば、あとはどうでもいい。僕が迷いを振り切ったのは、何か怪しいと感じながらも郷土に戻ってきた風俗ライターを信じて、東京から来た職人の格好をした不思議な芝居者を受け入れてくれたからだ。伊藤さんには伝えなかったが、僕の普段の姿に対して及び腰になるようなら、この鄙の地での野戦攻城をあきらめていただろう。だが芸濃町のひとびとは藝能のまれびとを色眼鏡でみなかった。複雑な歴史と地勢を持つ宿場町だったことも胸襟を開いてくれる一因だったかも知れない。結果、1700名にも昇る集客を奇跡的に果たした。伊藤さんが集めたスタッフは、教育者、瓦職人、鳶職人、市職員、僧侶、元国鉄職員、産廃業者、とまるで統一感の感じられない、目茶苦茶なひとびとだった。けれどもこの人たちが二年後の横浜トリエンナーレにおいても三重からの移動部隊として大変なちからを発揮してくれたのだった。美術展を大きく逸脱してゆくページェントの会場となった寿町は、日本三大寄せ場のひとつ。悪場所と呼ばれる街である。この悪所は江戸の昔から為政者の管理に於て囲われてある。色里、藝能、被差別の、社会の埒外のひとびとが暮らす異域である。吉原、浅草、山谷。関西では飛田、通天閣界隈、釜ヶ崎。横浜も日ノ出町、万世町、寿町とそれらは隣接している。そこに動物園もある、と付け加えたのは伊藤さんの隻眼である。だから水族館劇場は獣を出しつづけているんです。と妙な解説をされた。これも悪所としてのサーカスとおなじだね。

悪所とは悪い所にあらずして

人の命の滾りの広場

若い頃から吉原に通い詰めた性の達人に聞いたことがある。裏切りや、追い落としが日常茶飯事の世界を取材してる割に、人間対応に純朴そのものの伊藤さんがどうやって週刊誌やタブロイド紙の、生き馬の眼を射ぬくような業界を渡り歩いてこれたのか。答えは簡単だった。逆です。むしろそういう世界だからこそ仁義は一般社会よりも生きている。俺のような者でも誠実に取材するかぎり仕事は途切れない。なるほどねぇ、と腑に落ちた。動機や目的に?がついても伊藤裕作は彼なりに必死で高度経済成長下の日本を生きてきたのだと。そしてその影で捻り潰されていった無数の無告の女たちの声を聞いてきたのだと。

豊かさを求め都に昇りし人は
　　　上に向かって墜ちていったよ

もちろん上に向かって堕落するな、というパラドクスは反骨のジャーナリスト竹中労の十八番《おはこ》であった。彼はそのキャリアをタブロイド紙からスタートさせ、週刊誌で花形芸能記者となった。毀誉褒貶の激しい物書きの背中を、おなじイエロージャーナリストとしてどう見ていたのか。ひととなりは千里の径庭ほど距離があるが、存外その優しさの質は近かったような気がする。と書けば褒めすぎかなぁ。ほんとうは感謝してもしきれないほどのことをしてくれているのに、劇団のみなからあきれ果てられたようなまなざしを受けてしまう。僕はそんな人間のペーソスを保ちつづけている伊藤裕作がうらやましいと思う。どんなにご本人がその気になってもナルシスとは遠くはなれた位置に佇む、その在りようは芝居者としても、歌者としても陥りやすいシリアスの罠から微妙に遁走《にげ》おおせているのである。人間老いてくれば、自然と抹香臭くなる。親鸞に帰依し、その思想を自分なりに消化しようとする伊藤さんに廻りの人間は、もっと過激に！と囃し立てる。可能ならば、歌の、その肺腑のさらに見えない場所に鈍くひかる、研ぎ澄まされた刃を隠し持ちつづけてほしい。世間からはどんなに頼りなく思えても、僕にとっては芝居の道を繋いでくれた大恩ある導師なのである。

寺山修司と伊藤裕作

文芸評論家・法政大学名誉教授◉勝又　浩

売りにゆく柱時計がふいに鳴る横抱きにして枯野ゆくとき
たったひとつの嫁入り道具の仏壇を義眼のうつるまで磨くなり
かくれんぼ鬼とかれざるまま老いて誰をさがしにくる村祭り

寺山修司の第三歌集『田園に死す』中の三首である。嫁入り道具に仏壇とはちょっとあり得ないことだが、そこには何か普通ではない事情があったのだろうと想像するしかない。歌にも演劇にも、寺山修司の世界にはこういう分からなさがたくさんある。あるいは、こんな不条理が基本になっていると言うべきか。

ところで、こういう寺山修司の影響を受けて短歌を作り、そればかりか寺山修司のつくり上げた想像上のキャラクターである「トルコの桃ちゃん」を尋ねて風俗ライターになったのが伊藤裕作である。その彼の書いた『私は寺山修司・考　桃色篇』（平成22年、れんが書房新社）が、その後文庫版になって、タイトルも『寺山修司という生き方　望郷篇』（平成30年、人間社文庫）

と改められた。それを拾い読みしていると右の寺山短歌が引用されていて、こんなのもあったか、こういう選択もあるかと思った次第。

ちなみに記しておくと、この文庫版は親本にはない高取英（劇作家、劇団「月蝕歌劇団」）の「解説」のほかに本文では「伊藤裕作という生き方」なる一章を付け加えているが、そこには「ハーフターン」と称して還暦を機に故郷への恩返し、「芸濃町」の町興しのためにいろいろ働いている著者の姿が見えている。

そんなところを読みながら私は、本人が口癖のように言う、かつて寺山修司に「煽られて」故郷を棄てた少年が、今度は寺山修司を連れての里帰りだなと思った。「天井桟敷」ではないが、その流れをくむさまざまな演劇集団を小さな村に連れて行きその興行を実現している。なかではいまだにテント公演を守る「水族館劇場」に、江戸川乱歩の『パノマラ島奇譚』にまつわる村の歴史を絡めた新しいドラマを作らせ、演じさせて、まるで彼自身が寺山修司となって東京を、そのアンダーグラウンド文化を、故郷の村にドカンと据えたという趣きである。

話を寺山修司の歌に戻すと、私などが寺山短歌として印象にとどめているのは、たとえば初期の、

チェホフ祭のビラのはられし林檎の木かすかに揺るる汽車の過ぐるたび

かわきたる桶に肥料を満たすとき黒人悲歌は大地に沈む
アカハタ売るわれを夏蝶越えゆけり母は故郷の田を打ちていむ

といったところ。友人に教えられて初めて読んだときの驚きを今も思い出す。一首のなかの思いがけない展開とか飛躍といったかたち自体は珍しくないが、ここでは、詠われている背景世界と、詠われていることがらとの一種の落差、ギャップがいかにも新鮮であったし、そうしたなかに瑞々しい抒情があって唸らせる思いだった。しかし、これだけの例でも、冒頭に示した、後の三首との大きな違いは明瞭だろう。冒頭の三首は、既に〈東京〉での反応を知り尽くしたうえで、〈津軽〉の強烈なパフォーマンスを演じてみせている、と言ったらよいだろうか。

伊藤裕作によれば、寺山修司歌集『田園に死す』(昭和40年)の世界は同題の映画(昭和49年)に具現化されて評判になったが、彼から見ると『田園に死す』の傾向は映画以前、天井桟敷芝居『犬神』(昭和44年)に既に現われていた、ということになる。寺山演劇を全てというほど観ていた彼からすれば、映画で騒ぐ人たちの認識不足が歯がゆかったのであろう。

しかし、寺山短歌も芝居も伊藤裕作のようには入れ込むことのなかった私から見ると、次のような側面もあるのではないかと思われる——寺山修司という人は、〈津軽〉に次々と押し寄せてくる〈東京〉を鋭く捉え、巧みに表わすところから始まったが、それが、詳細は私には分からないが、あるとき逆転して、〈東京〉に〈津軽〉を持ち込み、突き付けてみせる、そういうゲリラ的カルチャー革命を企てた、そういう人だった、と。伊藤裕作の言う、寺山修司の「近代と前近代の混合」という性格は、見方を変えればカルチャーとしての東京と地方の攪拌であったろうし、全国の若者を惹き付けた「書を捨てよ、町へ出よう」という呼びかけも、書＝東京から来るものを黙って受け入れるばかりでなく、自分の生い育った土着文化を積極的に東京に持って行け、という意味でもあるだろう。

こんなところが、歌は一通り読んだけれど芝居は数えるほどしか観なかった、その程度の寺山読者であった私の率直な感想である。親しかった批評家小笠原賢二が寺山修司を熱心に語っていた時期があったが、話を聞きながら、私には何となくそこまで付いていては行けなかったことなど思い出す。いま改めて考えてみれば、〈津軽〉に在った寺山修司には大いに撃たれ、共感もしたが、〈東京〉で〈津軽〉を演じている寺山修司にはあまり興味が持てなかったということになろうか。

そんな距離を持ちながらも、今は寺山修司を連れて故郷へ「ハーフターン」する伊藤裕作の仕事を面白く見ている。彼のような人たちがいて、寺山修司も一回転して二十一世紀に入ったのかもしれない。

さて、今回の締めくくりは前記「望郷篇」に収められている、伊藤裕作の近作短歌としよう。

葬列の如く夕陽に向かう団塊《むれ》「夜明けは近い」と歌いし我ら

四拾七歳寺山修司この世去り六拾七歳いま我あの世見ている

この世では産土神に守られて弥陀の光に乗ってあの世へ

跋

２０２０年２月25日で満70歳。年齢を考え、詠ってきた歌を纏めておこう。そう思い、50年前に習作として詠った短歌から学生時代にイキがって「早稲田短歌会」の先輩歌人に物申した一文も収録し、私自身の50年余の短歌人生を回顧して、寺山修司の「生きているうちに、一つ位は自分の墓を立ててみたかった」に倣って、古希の年に歌集を発刊する準備に取り掛かった。

私は２０１８年12月26日～翌19年３月31日まで、「ピースボート」の地球一周の船旅に出て、19年２月19日に南米アルゼンチンのウシュアイアで「この世の果て」号に乗り南米大陸の最果ての地に立って、ここで陽の光をたっぷりと浴び「これをもって真宗でいう還相回向を開始する」と自らに言い渡した。その後、還相回向した私は仏《ほとけ》となって４月１日に穢土の地・東京に還り、４月４日～16日（７日休演）の12日間、新宿・花園神社で「水族館劇場」の野外舞台『揺れる大地』に出演した。

こうした生活をし、原稿の整理も終わりに近づいた19年11月６日、友人が企画してくれた「この世の果てまでこぼれてゆけ」と題する近況報告会に出席「古希になったら歌集を出し、後はのんびりぼちぼち生きていく」と発言する。やがて、この言葉がブーメランのようにわが身に返ってくることになるのだが、その時はまだそのことに気づいてはいなかった。実は船に乗っていたために、情報が届かなかったせいもあるのだが、私が船旅の途中で還相回向を宣言した9日後に、私が短歌を作り、その後風俗ライターになっていく過程で、寺山修司同様に、その生き様に大きな影響を受けた人が亡くなっている。

その人は日本舞踊の名取・花柳幻舟。群馬県安中市の碓氷峠の通称めがね橋の下で19年2月28日の午後に死体で発見されていた。

昨年暮れに、そのことを知った時、

姉弟《きょうだい》がまぐわい地獄へ堕ちるとき　弥陀の声して光差し込む

還暦を過ぎ真宗を学び始めてしばらくたってから詠った、1974年封切りの田中登監督作品、日活ロマンポルノ『㊙色情めす市場』に思いを馳せたこの歌が、自然に口を衝いて出た。

私は、家元制度打倒を掲げる日本舞踊の過激な舞踊家として花柳幻舟を知る。それは私が、寺山修司の短歌に触発されて歌を詠み始めた頃と、ほぼ同じ時期だった。彼女の言動を垣間見て短歌にも日本舞踊にも結社や家元制のような権威はいらない。歌も踊りも偉い人、やんごとなき人のためにあるツールではない。私の中にこの思想が擦りこまれる。

若き日「早稲田短歌会」に所属し、自らが詠う五七五七七の韻律は一体誰のものなのか、真剣に真摯に考えた時期があった。短歌の結社と日本舞踊の家元制について短歌会で熱い議論を繰り返していたこともあった。だが、そのどちらにもなんら結論を出せないまま、いつしか私は、短歌から遠ざかり、自らを社会の「落ちこぼれ」と思い定めて盛り場を取材する風俗ライターの道を歩み始める。そんな私が、次に花柳幻舟に強烈なインパクトを与えられるのは、前述した『㊙色情めす市場』で彼女が演じた大阪の通天閣が見える街で近親相姦をする姉弟の母親である娼婦の姿だった。

映画を見て、この世には誰が何をしようとも救われない、どうしようもない地獄がある。もしも、それを救えるものがあるとするならば、姉弟相姦の後に通天閣から飛んで自死した弟の身体にピカ〜ッと差し込んだ、あの阿弥陀の光だけである。そう思った。

それから幾十年の時が経ち、還暦を過ぎた私は、実家の墓守をするためという理由を付けて『㊙色情めす市場』で描かれた、あの光を求め親鸞聖人を、そして真宗を真剣に学び始める。その学びを終え、帰敬式も済ませて法名も授かった。

これで老後は万全、あとは西方浄土を信じ、遊行して生きていこう。だが、この考えは〝あまちゃん〟だった。実は、異郷で自由気ままに生きた私を守ってくれていたのは阿弥陀仏だけではなく、私が生まれ育った鄙の地・三重県津市芸濃町椋本の椋本神社の産土神でもあったのだ。考えてみれば江戸時代、私の生まれ育った邑《むら》に限らず、何処の邑だって神仏習合だった。

だから我々の先祖たちは当然、神と仏、両方に守られていたのである。だったら、神と仏、両方をリスペクトして生きていこう。こうして私は、椋本神社の獅子舞のドキュメント映画を作り、椋本の地下寺《じげでら》といわれる村（集落）の寺、東日寺に東京から「水族館劇場」を招請して野外芝居の勧進元になった。その後、芸濃町で何本か東京の劇団を呼んで公演を打ち、芸濃町には町民劇団も立ち上がった。故郷の友人、知人の力を借り、東京で知り合った友人の協力のおかげもあってすべてが上手くいっているように思えてきていたが、果たしてこれでいいのだろうか？　生まれ育った産土の地に恩返しが出来、肩の荷が下りて一安心したのは事実だが、長く穢土の修羅場を歩いてきた私に、そうした幸せの時間が、逆に何ともいえぬ居心地の悪さをも与え始めていた。そんな時に花柳幻舟の死を知ることになる。

数え年の70歳で古希といわれる年齢になり、以降平穏に生きていこうと思っていたが、何か違う。

「生きている限り、青くさくてもいいから人間らしく生きろ」

花柳幻舟の死は、私にそう告げていた。

２０１９年年末から20年初頭、私は「水族館劇場」の路上芝居ユニット「さすらい姉妹」の芝居に地べたを這う亀の役で出て、首都圏の寄せ場を巡演していた。

２０２０年、古希の年。いや、もう年齢はどうだっていい。私の寿命が尽きるまで、こうやって生きていこう。そう決意し詠んだのが次の2首である。

底を見て亀を演じて地べた這い寄せ場巡りて　この世の果てへ
はぐれ者　這いつくばって生きていくドブネズミ色の化粧施し

むろん、だからもう、この歌集は私が当初考えていたような〝短歌を詠い始めて50年の私自身を回顧するための著作〟でも、寺山さんが記したような〝生きているうちに立てる自分の墓〟でもなくなってしまった。願わくば、老いてなお、青くさく人間らしく生きていこうという人が、この歌集を読むことによって人間らしさの記憶を取り戻し、思い出してなんらかの行動を起こす起爆剤になれば、一年有余を掛けて、この歌集をまとめた意味があるというものである。

２０２０年2月24日

明日、70歳となる日の夜、『寺山修司全歌集』（１９７１年、風土社）を前にして

伊藤裕作

心境《わたくし》短歌《たんか》　水《みず》、厳《おごそ》かに

二〇二〇年四月一〇日　第一刷発行

著者　伊藤裕作

発行者　髙橋正義
発行所　株式会社人間社
名古屋市千種区今池一-六-一三　〒四六四-〇八五〇
電話　〇五二（七三一）二一二一　FAX　〇五二（七三一）二一二二
郵便振替〇〇八二〇-四-一五五四五
制作　有限会社樹林舎
名古屋市天白区井口一-一五〇四-一〇二　〒四六八-〇〇五二
電話　〇五二（八〇一）三一四四　FAX　〇五二（八〇一）三一四八
印刷所　株式会社シナノパブリッシングプレス

ISBN978-4-908627-24-8 C0092
定価はカバーに表示してあります。